Annelies Schwarz

Kleine Lesetiger

Hexengeschichten

Illustriert von Irmgard Paule

Loewe

Der Umwelt zuliebe ist dieses Buch auf chlorfrei gebleichtem Papier gedruckt.

ISBN 3-7855-4151-1 – 2. Auflage 2003

Umschlagillustration: Irmgard Paule
Reihengestaltung: Angelika Stubner
Redaktion: Rebecca Schmalz
Herstellung: Heike Piotrowsky
Gesamtherstellung: L.E.G.O. S.P.A., Vicenza
Printed in Italy

www.loewe-verlag.de

Inhalt

Der Rabe

Die kleine Hexe füttert
die glänzenden Goldfische im Teich.

Da fliegt die Berghexe vorbei.
„Hast du keinen Raben,
der sprechen kann?“, ruft sie.

„Ich will keinen Raben!“,
ruft die kleine Hexe zurück.

„Warum müssen alle Hexen
einen sprechenden Raben haben?
Ich finde Goldfische viel schöner!“

Hokuspokus!
Mit einem Hexenspruch hext sie
eine Riesenblume in den Teich.

Sie duftet nach Himbeereis.
Tausend Bienen und Schmetterlinge
wollen gleich davon naschen.

Ist das ein Gewimmel!
Es summt und flattert.
Da wird es der kleinen Hexe zu bunt.

Aber wie ging bloß der Hexenspruch?
„Helft mir doch!“, ruft sie
den Goldfischen zu.

Doch die glänzenden Fische
gucken sie nur stumm an.

„Dann hex ich mir eben ein Kamel
und reite damit fort“,
sagt die kleine Hexe.

Am nächsten Morgen
ruft sie ihr Kamel.

„Am Sonntag feiere ich
meinen 777. Geburtstag.
Bitte, bring die Einladungen
zu meinen Freundinnen!“

„Geht nicht“, sagt das Kamel.
„Ich will nicht über
Wurzeln und Steine stolpern.“

Da hext sich die kleine Hexe
eben einen Hund.
Der kann ja Postbote spielen!

Der Hund flitzt gleich
mit den Einladungen los.

Am Sonntag fliegen die Hexen
mit ihren Raben
aus allen Richtungen heran.
Das wird bestimmt ein tolles Fest!

Doch plötzlich krächzen die Raben ganz aufgeregt: „Haltet den Dieb! Der Hund klaut alle Würstchen!“

„Ich brauche wohl doch einen Raben“, denkt die kleine Hexe. „Aber einen mit glänzenden Federn!“

Der Kater

Sanne ist neu in der Schule.
Sie sieht den Kindern
auf dem Schulhof beim Spielen zu.

„Wenn ich doch auch endlich
Freunde hätte“, denkt sie.

„Was soll ich bloß spielen?“,
überlegt sie auch am Nachmittag.

Sie steigt auf den Dachboden.
„Vielleicht finde ich dort
etwas Spannendes?“

Ganz hinten in der Ecke entdeckt sie
ein altes Buch mit Hexensprüchen.

Sanne probiert sie gleich aus.
Hokuspokus!

Schon wirbeln die Sachen
durcheinander.
Statt Pulli und Jeans trägt sie
plötzlich ein Hexenkostüm!

Auf ihrem Kopf
sitzt eine dicke Kröte. Oh!

Jetzt öffnet sich das Fenster:
Witzige Wesen schweben herein.
„Supercool!“, flüstert Sanne.

„Miau!“ Sogar ein schwarzer Kater
streicht um ihre Beine.

„Puh! Jetzt ist aber Schluss!“,
denkt Sanne.

Zum Glück
findet sie den Spruch,
der alle Hexerei beendet.

Doch der Kater bleibt.
Er schnurrt ganz laut.
„Hab ich dich nun gehext,
oder nicht?“, fragt Sanne verdutzt.

Zusammen hüpfen sie
durch das Treppenhaus.

Unten guckt ein Mädchen
aus der Wohnungstür.

„Darf ich deinen Kater
mal streicheln?“, fragt es.
„Das Mädchen sieht nett aus“,
denkt Sanne und nickt.

Da zwinkert ihr der Kater
ganz deutlich
mit einem Auge zu.

„Hokuspokus!“, sagt Sanne leise
und zwinkert zurück.

Der Besen

„Auf, Besen,
flieg schnell über die Stadt
zu meinen Hexenfreundinnen!“,
ruft Lila, die Straßenhexe.

Doch Lilas Spezialbesen bockt,
fliegt extra langsam
und landet auf dem Hochhausdach.

„Weiter, Besen!“, verlangt Lila.
Doch der Besen bockt und bockt.

Lila klammert sich ganz fest.
„Ich rutsche!“, jammert sie.
Da fliegt der Besen wieder los.
Aber was macht er nun?

Klack! Klack! Er klopft wie wild
an die Hochhausfenster.

„Eine richtige Hexe!“, rufen die Leute.
„Los, die fangen wir!“
Lilas Herz klopft laut.

Sie sagt alle Hexensprüche.
Aber ihr Besen hört nicht.
Er macht einfach, was er will!

Erschöpft erreicht Lila
endlich ihre Freundinnen.
„Du brauchst einen neuen Besen“,
sagen die Hexen.

„Komm mit in den Hexenladen“,
schlägt die Oberhexe vor.

„Oh, so viele Flugobjekte!“,
jubelt Lila begeistert.

Gleich probiert sie
den Staubsauger aus.
„Au! Hilfe! Er zieht an meinen Haaren!
Den will ich nicht!“

„Wischmopp, was kannst du?“,
fragt Lila.
Er fliegt ganz flach über dem Boden.

„Das ist mir nicht hoch genug“,
sagt Lila enttäuscht.

„Die Schaufel ist zu breit!“
„Der lange Flugast ist zu schwer!“

„Der fliegende Teppich
hat zu viele Löcher!“,
mault Lila.

Da entdeckt sie eine kleine Schachtel.
„Spezialzauber
für ungehorsame Besen!
Den probier ich aus!“, ruft Lila froh.
„Komm, alter Besen!“

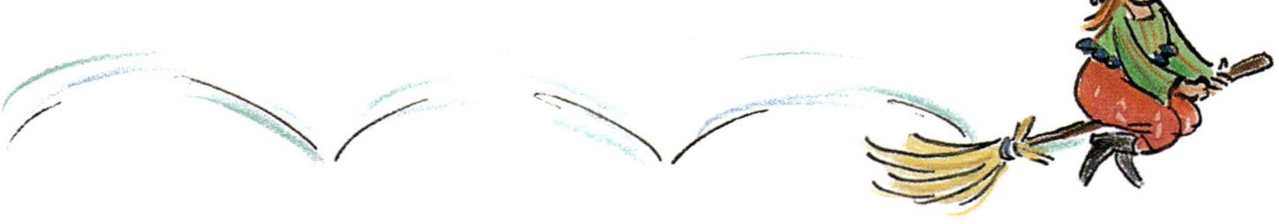

Und der Besen tut, was Lila will.
Er bockt nur noch ein bisschen.

Die Käsepizza

„Ich habe großen Appetit
auf Käsepizza“,
sagt die kleine Hexe
zu ihrem Raben
mit den glänzenden Federn.

„Hex dir doch eine!“,
krächzt der Rabe.

Die kleine Hexe hext so lange,
bis der Pizzabäcker in der Stadt
ihre Botschaft hört:
„Groß und mit viel Käse, bitte!“

Bald läuft der Botenjunge
durch den Wald
und sucht das Hexenhaus.

„Nicht zu finden“, denkt er.
„Und dunkel wird es auch.
Ich esse die Pizza selbst!“

„Wo bleibt bloß meine Pizza?“, wundert sich die kleine Hexe.

Der Pizzabäcker hört sie und bäckt noch eine Pizza, groß und mit viel Käse.

Diesmal findet der Bote
zum Glück das Hexenhaus.

Doch da schnarrt der Rabe:
„Krächz, du Pizzadieb!“
Und die Pizza fällt dem Boten
vor Schreck in den Dreck.

„Egal, dann hex ich mir eben
selbst eine Pizza zusammen“,
sagt die kleine Hexe.

Hokuspokus!
Die Zutaten fliegen herbei.
Wie wird nur eine Pizza daraus?

Die Oberhexe schaut vorbei.
„Bäckst du Käsepizza?“, fragt sie.

„Ich kenne keinen Spruch“,
murmelt die kleine Hexe traurig.
„Aber ich kenne das Rezept!“,
lacht die Oberhexe.

„Zuerst den Teig
aus Mehl, Salz, Wasser und Hefe.
Beleg die Pizza mit Tomaten,
Kräutern und viel Käse.“

„Jetzt in den Ofen! Hm, lecker!“
Die Käsepizza ist riesengroß.

„Hol schnell alle Hexen herbei!“,
bittet die kleine Hexe den Raben.

„Selbst gebacken, nicht gehext?“,
fragen alle ungläubig.
„Klar!“, sagt die kleine Hexe stolz.
„Ich werde jetzt Pizzabäckerin!“

Annelies Schwarz wurde 1938 in Böhmen geboren. Sie studierte Pädagogik und bildende Kunst, war Lehrerin und Lehrbeauftragte für Spiel- und Kindertheater. Ihr erstes Buch „Wir werden uns wieder finden“ kam in die Auswahlliste zum Deutschen Jugendliteraturpreis. Für ihre Kinder- und Jugendbücher wurde sie 2001 mit dem Sudetendeutschen Kulturpreis für Literatur ausgezeichnet.

Irmgard Paule studierte an der Fachhochschule für Gestaltung in München. Danach arbeitete sie als freischaffende Grafikerin in der Werbung. Seit 1997 illustriert sie Kinderbücher für verschiedene Verlage.

LESE TIGER

Erster Leseerfolg